句集

あかねさす

谷中隆子

東京四季出版

目　次

題字　谷中隆子
装幀　川合牛蒡

句集　あかねさす

枇杷の花

二〇一三年

燈台に倚りて淑気の海を抱く

退く波の春昼とほく太古へと

宇陀郡春塵に立つ俄市

お市茶々北の庄城花曇り

松の芯いまも母恋ふ娘木偶

太棹の母娘を離す松の花

連れだちて宗達観むと白日傘

宗達の虎たをやかに館涼し

両国の川風甘し夏燕

街薄暑力士賄ひ籠下げて

父の法要に叔父の弾く

ヴァイオリンの荒城の月新樹光

ヒマラヤに咲くてふ青き芥子を見に

貝殻を壜に眠らせ夜の新樹

随身の鵺より護らむ弓矢もて

概ねは佳き宵なれば沙羅の咲く
夕合歓やはなしは西施楊貴妃に

蕎麦の花空とさびしさ頒かちをり

スワンの舟色なき風に繋ぎおく

冬燈し東京駅舎浮き立たせ

ひと恋へば冬遠山に日の斑

母九十二歳にて死す

もうなにも言はぬ唇枇杷の花

時雨来て小野の郡の弥陀拝す

赫と刹那弥陀金色に冬夕焼

華となし灘の冬鳥なに騒ぐ

さみしさに寄りては散りし冬鷗

街聖樹ほろほろ鳥を食しみむ

カレンダー球子の富士や年つまる

黒き瞳

二〇一四年

父母を恋ふや水仙に膝折りて

白梅や空の無辺をふと畏る

島の昼蝶の屍むらさきに

春昼の泥にあそびし牛乳壜

鳥曇りホテルに磨くけふの靴

おぼろ夜の都庁双塔お城めく

わが庭の白藪椿落つ夕べ
なにごとも乙子の器用シクラメン

はつなつや師より賜はる木偶頭

下津井の波止に足投げ夕涼し

比良比叡湖国街道麦の秋

河骨や餌に犇ける鯉の口

形代にまづ孫の名を懇ろに

いかやうなりと食せよ子持鮎

かはらけに酌みたし鄙の濁酒

城主塚散華のもみぢ真くれなゐ

布陣図に官兵衛捜す旅の秋

遊ばうと幼ナのさそひ返り花

人恋ひの旅の衣に受く雪蛍

黒き瞳のなにやらかさう十二月

古日記誌友も母も逝きにけり

秋桜

二〇一五年

生国をゆけば一筋野火の立つ

「刃傷でござる」と女人花筵

さくらさくら吉野南朝行宮に
正行の髻塚や花のなか

明日香村誰にささげむや野の菫

発掘のすすむ大和路草おぼろ

若かへで木木谿あひの空広げ

「藍花」創刊二十周年

海光の波紋倉庫に立葵

夏館清盛座像経をよむ

六道の辻に飴売る芒種かな

夏館抱擁解かぬロダンの像

背信めく羅黒く透きたれば

をさな児に持ち物多しゐのこづち
鵙の昼利かぬ気にもつ理でありし

山あひの日に愛されし秋桜

草紅葉角失ひし鬼瓦

末枯るる余呉湖一望賤ヶ岳

石塊の一兵の墓冬ざるる

広島に樹木太らせ小六月

冬の街平和の鐘を渉らせて

奄美　四句

越冬の燕や田中一村館

アダンの実冬夕焼の島木影

島唄の愛人(かな)美しく冬月夜

島の冬ツマベニチョウの群れあそぶ

須磨小春「青葉の笛」とや顔寄せて

山峡の日の逃げ易し枇杷の花

番鴨さながら余生ゆけるかに

己が影鎮め正せし鴨の水尾

冬かもめ

二〇一六年

すぎ去りしかの日日抱き去年今年

かもめかもめ狗日の波を近くして

淑気なか日本狼狛と在す

寄する波終日やさし豆の花

吃水を闌けゆく春に委ねをり

花曇り停車違反に押す拇印

『古寺巡礼』手渡されし日の草朧

鳶の来て一湾統ぶや浜豌豆

昔年の閊へ夏夜の夢が解く

くさぐさの花の午睡やモネの池

畏まり享くや名越の祓とて

処暑の月不本意ながらの顚末に

山霧に捲かれてよりの旅心

巡らせし寺領の水や野紺菊

樅一樹名家の秋の此処に在り

健啖の夜の卓元気薬喰ひ

冬鴎のまだ働けと言ひに来る

神無月傀儡人形衣の古りし

冬菊や都落ちの譜縷縷として

冬かもめ波の高きを快楽とす

をがたまの花

二〇一七年

をがたまの花に海鳴る夜もあらむ

島影の翳(かす)みに帝揚羽とぶ

沖海女の陰影銀の湾真中

桜鱒釣りて幼ナの慌し

内子座

奈落へとさそふ階伊予の春

高殿や龍棲む淵の花筏

惣領といへる重さや遠蛙

一艇の過ぐや野茨さわがせて

藩荘に「至善」の軸や若楓

通し鴨まつさらの朝頒けゆけり

烏滸がましてふ字識りたる夏燈し

伏兵のごと敦盛草傾れ咲く

表沙汰てふ快ありや茗荷の子

夏つばめ置屋ケーキ屋裏通り

錆鮎へ指うつくしく化粧塩

大花野逢ひたき人に逢へさうな

淋しさをもて裸木の鼓動抱く

石を食み石に死にゆく冬の蝶

水琴窟還らざる日の冬野原

わが生家みゆる寺領の十二月

巻貝を拾うて捨てて冬渚

あかねさす

二〇一八年

年の酒据ゑて龍馬と語りたし

蠟涙を流し淑気の満ちゆけり

春昏るる塚の辺の野に吾も昏るる

網干善教先生追慕　五句

あかねさす師へとささげむ野の菫

飛鳥寺暮春さなかの入鹿塚

柳絮とぶ待つことあるを愉しとす

逢瀬めく春燈低きラウンジに
印度便発掘現場に芥子咲くと

犬養孝先生追慕　二句

朗朗と恋謳ひあぐ春の野へ

野遊びや袖振る女人幻影に

京都宝筐院　三句

夏草の塚や正行義詮

走り梅雨楠木足利塚並べ

羨しとも二引き菊水紋涼し

女郎蜘蛛罠うつくしく囲を張りて

舟寄せてモネの池模す夏花野

小野篁

篁のかの世この世の井戸涼し

老いらくの恋てふ貫主白芙蓉

堂の冷ゆ五大明王喝と吾に

灼や御室の時雨受け行けば

想夫恋奏づかにゆく冬の川

数へ日や小督の塚を捜し当つ

鳶の輪

二〇一九年

二ン月の堂沈香の灰と立つ

楤の芽を獲物さながら提げ戻る

芽吹山おーいと呼ばれてゐるやうな

夜さりても波翻す花岬

鳶の輪の夢を大きく春岬

風待たず花自づからひらけかし

かわかみ亭へ駆く花の山里の花

空港へ椰子の誘ふ薄暑かな

夕牡丹猫の悪さを赦しおく

フィラメントの若竹なりし男山

石清水花夥しやまぼふし

沙羅つぼむ一休宗純方丈に

衝立の虎出でませよ夏座敷

一句添へ扇渡さる別れぎは

大風呂敷もちて厄日の買物に

華やかといふ寂しさの曼珠沙華

身を窶すことにも美学草の絮

大正のステンドグラス暮の秋

アールグレイ秋日に反す砂時計

枇杷の花薄日ひねもす裏鬼門

南風

二〇二〇年

信ずるを真となしたり大旦

初あかり潮満つやうに浸しゆく

あにいもと蟹座蠍座節料理

歌歌留多恋の式部の髪ゆたか

子等の座のやがて崩るる歌留多取り

岩彩の赤染衛門春の燭

春満月坊の戯唄戯踊り
世の仕組わかりはじめし夕桜

花菜の黄河原いっぱい第十堰

南風吹けよ今も昔も少数派

肉桂の葉もてわが家の柏餅

南風に立つ娘の夢そして托す夢

青梅や末子に多き武勇伝

ほうたるに潮時ありて草の陣

ほうたるの川瀬にほどくわが気弱

夾竹桃火照りの街の夕間暮

青梅雨の記憶の隅の貸本屋

蓼咲けば風の寄りくる村境

捨つるてふ清しさありし草の絮

父恋ひの日の色溜めし末枯野

桐の花

二〇二一年

煽られつ二日の鳶の高く高く

大試験終へし少女のよく笑ふ

賑ひに俄市立つ独活蕨

孫娘「機航女子」とや入学す

夕桜わが総身のうすくれなゐ
花人となりて遅速の歩の愉悦

行き交はす間合うつくし夕桜

花万朶一会の謁と胸におく

日輪の緩びに咲ける桃李

リラ咲くや旅のスカーフ閃めかせ

渡る蝶喃喃として翅うつくし

慶事あり卯波跳びくる土佐泊

気位てふ高さにありて桐の花

晋平さん逝去いくたびの鮎尽くし

はつなつの波止に錨の錆重ね

アマリリス煮炊たのしく吾の老いぬ

無造作にもの置く波止や夏日とて

病葉の朱色哀しも一揆塚

土御門御陵青梅雨しとどなる

大志抱け丘いつぱいの鰯雲

脇役に徹しきりますす吾亦紅

鷹渡る行手無辺に溺るまじ

鷹渡る誰が下されし使者として

番鴨落暉の空に誘はれ

杉の秀に午後の冬雲流れゆく

光りつつ落葉時雨の斜交ひに

冬蝶の弊えし翅をじつとたたむ

石蕗日和琴立て置かる緋のいろに

花八ッ手家訓三訓伝へ来し

返り花腑に落つ落ちぬは別として

後の月

二〇二二年

顔揃ふことを贄とすお元日

鶏日の日暮は父母を憶ふべし

誌友芝野ゆきさん百歳

ももとせの星霜仄と手毬唄

ささげむとかの日の吾に摘む菫

野に佇てば畝傍香具山深霞

まなうらに展く吉野の花の山

『花の坂』出版に

花の坂蹠にしかと地の応ふ

父母の居まさば筵花に敷く

未完橋架けて大河の春深し

紀ノ国へかがやき渡る夕焼雲

琅玕の秋湖不動に鳥翔たす

白芙蓉花街の裏の寺に咲く

秋薔薇大輪なればひそと散る

来し方の大事些細事くわりんの実

星ひとつ伴にいざなふ夜半の月

対峙美し木星そして後の月

結びたる娘との黙契後の月

父祖の裔ならば長命新松子

テーブルセンター替へて変心鵙の猛く

土方(ひじかた)の太刀痕なるか蹠冷ゆ

雪蛍ふはり新選組屯所

咳に効く家伝相伝壬生の飴

足利の御世十五代夕時雨

祖父孫右衛門

鬼門には枇杷咲かせよと孫右衛門

清清と小振りながらも松飾る

大晦日夢におちゆく児の手足

夏つばき

二〇二三年

春一番騒騒（さわさわ）万象うごき初む

恋の咎ありやなしやの紫木蓮

峡の家の殊に男雛の眸のすずし

ぼんぼりに雛のやさしく影もてり

胸押せば泣く人形や桃の花

あらせいとうあつてはならぬ事に慣れ

立派さのあるなしの謂花蘇枋

春昏れて仄と紅さす涯の涯

夏霧や船影布陣いくさめく

清盛も遊女もとほし夏港

走り梅雨風待ち港の昼の黙

今生の逢瀬もありかさくらんぼ

山法師西鶴汀子の句碑巡る

花菖蒲城の抜け道見ずに帰す

一日花なれば真直ぐに沙羅の落つ
夏つばきひたひたこの世頽れゆく

水無月野すなほになればいいものを

ハンカチに包みし貝と旅心

夏料理浜にましろの波返し

白秋や逢ひたき人は逢はぬひと

余生いま色なき風となす構へ

新涼や村に魚跳ぶ川流る

何本か匙投げました秋の水

曼珠沙華に埋む故里零落期

ステーキにしよう蔦延ふレストラン

校舎裏秋日さびしとおもひし日

太棹の哭くかに流る花野へと

木偶の手に秘す差し金や新松子

冬鵙や昔昔の恋の文

茶の花に跼めば背ナに雲負へり

孫よりのぬり絵未完に花八ッ手

吾の掌より山茶花はらと零れけり

言へぬ事言はずおくこと花柊

旅帰り寒村に猫日向ぼこ

忙中にときどきの閑薬喰ひ

数へ日の猫の従きくる立話

煤逃げや少し硝子を拭きゐしが

酢海鼠にすすむ吾の箸佳宵とす

年つまる魯山人醤油とや手みやげに

歳晩の県都を鳶の哨戒す

ねんごろに払ひて餅を火に焙る

湯気の立つしたりがほなる大ケトル

古墳山

二〇二四年

娘の街と時差云云と去年今年

節料理母在りし日に及ばずも

初鏡けふの機嫌は中の上

孫娘帰す四日の没日なか

寒梅や睫のやうな蕊張りて

くれなゐの夢を抱きて牡丹の芽

シクラメン燃えてゐますと火群なし

白木蓮ほのか一糸の乱れなく

白木蓮の一樹が鎮め寺領昏る

花の下忘れおかれし鉄亜鈴

己が水尾曳きて自在に春の鴨

残る鴨頼りなき日の孤心かな

池巡りをれば南蛮紅椿

古墳山つらつら椿落椿

鉄塔の嶺にいくつか花の雲

肥後椿怠惰怠惰と落ちゆけり

身を放つぢごくのかまのふたの野に

立ちしまま覗く地獄の釜の蓋

山桜吾に立つ甘き胸さわぎ

花曇り足投げ座せり抱人形

誰も居ぬ日永巻き寿司巻くとせむ

浜若葉海賊焼とや匂ひ立て

御負けにと鮑もひとつ焼かれをり

サーファーに波駆けてきて駆けてきて

波乗りに賑はふ県外ナンバー車

夏蝶のとほく海境憧れて

譲りあふ足許しかと滝壺へ

轟ける瀑布や地軸ゆるがせて

句集　あかねさす　畢

あとがき

『あかねさす』は、『冬椿』『くれなゐに』『花蓼』『花籠』『花樗』に次ぐ第六句集となる。二〇一三年から二〇二四年夏までの三百四句を収めた。

　集名の〈あかねさす〉は、〈奈良〉へ捧げる私の憧憬の懐（おも）いに外ならない。仏像、伽藍、明日香野、吉野山、そして大和三山に囲まれての佇まいなどへの懐かしさであり、〈あかねさす〉の詞を冠したい。

　なかでも、考古学の重鎮であられた網干善教先生との邂逅は、奈良との縁を深めることとなった。そして、結社誌「藍花」創刊時から、十二年間の長きにわたり「古代随想」をご寄稿下さった。有り難くも大きな支えであった。

　そして来年には、創刊三十周年を迎えるに至った。私の作句人生においても大きな括りの年として、顧みることのいくつかは、ささやかながら、私への賜物である。

そんな折の、本書刊行の運びは何よりの好機と喜ばしく思っている。思えば、私にとって俳句は心柱(しんばしら)のようなものであった。そして誌友や仲間との句座や吟行、そして旅。時空を共有するという、かけがえのない幸せに浴することができたのは、得難く有り難いと思う。

本書の出版に際し、東京四季出版の西井洋子様、淺野昌規様には、格別のご尽力をいただきましたこと、厚く御礼申し上げます。

また、装幀は、川合牛蒡「藍花」編集長が担当したことを申し添えまして、謝意と致します。

二〇二四年　七夕

谷中隆子

著者略歴

谷中隆子（たになか・たかこ）

作句に熱中していた頃

1945年　徳島県生まれ

1979年　「山暦」入会　青柳志解樹に師事

1980年　山暦「第１回 新樹賞」受賞

1983年　「山暦」同人

1983年　俳人協会会員

1995年　「藍花」創刊主宰

1999年　「山暦賞」受賞

2012年　俳人協会 徳島支部長

2014年　俳人協会 評議員

2021年　俳人協会 徳島支部顧問

句　集　『冬椿』『くれなゐに』『花蓼』
『花籠』『花樗』

現住所　〒771-0115
徳島県徳島市川内町宮島浜25-3

俳句四季
創刊40周年記念
Shiki Collection
40+1
11

句集 あかねさす

2024年 9月 9日 第1刷発行

著 者 谷中隆子

発行者 西井洋子
発行所 株式会社東京四季出版
〒189-0013 東京都東村山市栄町2-22-28
電話 042-399-2180／FAX 042-399-2181
shikibook@tokyoshiki.co.jp
https://tokyoshiki.co.jp/

印刷・製本 株式会社シナノ

ISBN978-4-8129-1099-3